FICHA CATALOGRÁFICA
Dados Internacionais de Catalogação na Publicação (CIP)
(Câmara Brasileira do Livro, SP, Brasil)

Bitarães Netto, Adriano
Um certo livro de areia / Adriano Bitarãres Netto;
ilustração Mateus Rios. – São Paulo: Formato Editorial, 2010.

ISBN 978-85-7208-669-1 (aluno)
ISBN 978-85-7208-670-7 (professor)

1. Ficção – Literatura juvenil I. Rios, Mateus. II. Título.

10-10304 CDD-028.5

Índice para catálogo sistemático:
1. Ficção: Literatura juvenil 028.5

Um certo livro de areia

Gerente editorial **Rogério Carlos Gastaldo de Oliveira**
Editora-assistente **Andreia Pereira**
Auxiliares de serviços editoriais **Rute de Brito** e **Mari Kumagai**
Estagiário **André Fonseca**
Edição de arte **Norma Sofia – NS Produção Editorial**
Revisão **Pedro Cunha Jr.** e **Lilian Semenichin** (coords.)/ **Aline Araújo / Veridiana Cunha / Alexandra Resende**
Produtor gráfico **Rogério Strelciuc**

Rua Henrique Schaumann, 270 – Pinheiros
05413-010 – São Paulo – SP
PABX: (0XX11) 3613-3000
Fax Vendas: (0XX11) 3611-3268
www.editorasaraiva.com.br
atendprof@editorasaraiva.com.br

1ª edição
1ª tiragem, 2010

Visite nosso *site*: www.formatoeditorial.com.br
Atendimento ao professor: 0800 011 7875
falecom@formatoeditorial.com.br

Impressão: Eskenazi Indústria Gráfica

Um certo livro de areia

Adriano Bitarães Netto

ilustração Mateus Rios

Conforme a
nova ortografia

São Paulo
2010
Formato

“... um livro também constrói o leitor
um livro de viagem em que o leitor seja a viagem
um livro-areia escorrendo entre os dedos...”

Haroldo de Campos

...há quem diga que

a paisagem de uma página cheia de letras seja um árido deserto. Mas quem já ousou pisar com a ponta dos olhos em um livro de areia sabe que a visão escorrega por entre as palavras, cava significados e sentimentos cada vez mais profundos. Passos de sentidos e sentidos passos são traçados a cada percurso de leitura. E quando se olha para trás, o que se enxerga são pegadas apagadas, palavras ao vento, voos de um momento. Pois, em um verdadeiro livro de areia, nada fica no mesmo lugar, nem mesmo o leitor que, ao exercitar o seu ofício de ler e caminhar, também muda, muda como a própria geografia do deserto muda ao se transplantar.

Por exemplo, você, leitor. Você, agora, é o mesmo do início desta história? Aposto que não. Você deve imaginar, entre tantas coisas, quem está conversando com você; você deve pensar, entre tantas causas, aonde estas palavras vão parar e que livro é este que parece tão sem história para contar. Você deve se indagar também sobre o que existirá nas próximas páginas, quais imagens se mostrarão com o passar do tempo e com o passar desta folha, que, inclusive, ao ser passada, é tempo que se desfolha, é paisagem que se perde na lembrança da própria memória...

Para saber tudo isso, leitor, você terá que apertar os passos, correr os olhos. Mas cuidado para não tropeçar nas palavras: seres serpentes que, de repente, serpenteiam surpreendentes sons-sentidos. Contudo, se você está afoito, vá, corra os olhos, chegue ao fim desta página para ver o que há por trás desta história que começa a escorregar feito areia nas dunas do agora...

... o que vem atrás de uma duna
são outras dunas, ainda que diferentes;
assim como o que vem atrás de uma onda
são outras ondas,
ainda que andem em diferentes ritmos;
assim como o que vem depois de uma montanha
são montes de montanhas,
amontoados diferentemente,
numa toada de verdes
que se azulam em longínquas linhas.
Esse exercício das coisas serem sempre as mesmas,
sendo sempre outras,
é que constitui a paisagem de um livro de areia:
cenário ilustrado por grãos de letras imóveis,
que se movimentam apenas com o sopro
da leitura – esta espécie de sopro de vida.

Ler é ventar palavras, é inven

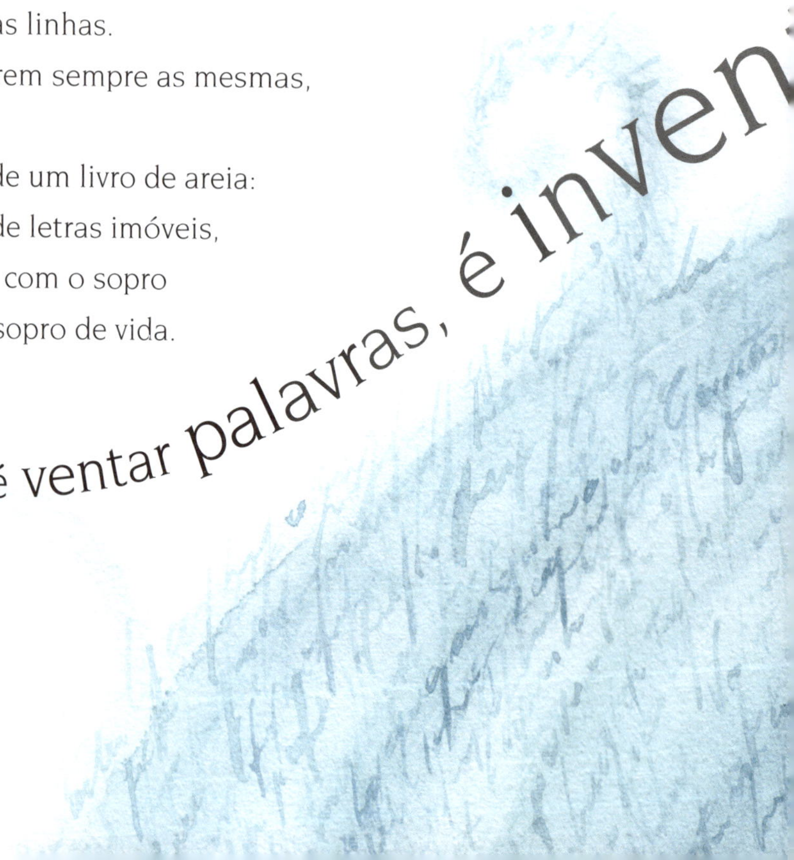

ar...

...e palavras são miragens nos desertos férteis dos livros de areia.

Por falar nisso, vejo uma miragem... É, é, sim. Uma sombra, ao longe, vaga, como um vulto que vem, devagar e sombra, sempre a se aproximar. Esse vulto é um personagem que não sei bem se é (será?) um homem ou um menino. Por isso, vou chamá-lo, por enquanto, de homenino. Espere, espere um pouco, leitor, dê tempo para ele se construir, formar-se em forma visível de se ler.

Ué, que estranho! Quero dizer, que familiar! Ele me parece tão íntimo. Imagino que para você, ele também será. Veja: o que eu vejo, e o que você provavelmente deve enxergar, é que ele é feito de grãos de letras. Assim como tantos outros, ele é um personagem de areia, mas que, ao ser lido, se transforma em miragem, rima de imagem, prima projeção da imaginação.

Engraçado, tenho a impressão de que ele vem carregando alguma coisa... Algo pequeno-infinito que parece abrigar imensas paisagens, inúmeras pessoas, múltiplas histórias. Tudo isso armazenado em dunas de palavras. Será que esse homenino é bruxo, alquimista, profeta ou algum astuto leitor-poeta?

Melhor não especular. Aí vem ele. É preferível silenciar.

Esse menino que vem caminhando com sede, antigamente foi um homem fascinado por livros. Tão fascinado que, um dia, ficou aprisionado em um livro de areia. Tentou fugir, mas foi em vão. Agora, está aqui, menino ex-fujão, caminhando no relevo desta página. Contudo, antigamente, ele habitava outras dunas de areia...

Um dia, esse nosso homem miragem – autêntico colecionador de livros raros – recebeu a visita de um estrangeiro que lhe ofereceu uma obra infinita: era O Livro de Areia. O estranho viajante atribuiu esse nome ao volume porque, assim como um deserto de areia, o exemplar não tinha início nem fim, não tinha palavras em repouso, nem sentidos em pouso.

Era impossível encontrar nele a primeira ou a última página. Sempre que se tentava, novas folhas brotavam entre a capa e os dedos ávidos de soluções e verdades. Outro elemento fascinante da obra era a sua absoluta falta de sequência: ao lado de uma página par, com o número 40514, achava-se, por exemplo, uma ímpar com o número 999. E caso o volume fosse fechado, nunca mais tais páginas seriam reencontradas, pois o livro, ainda que finito em seu formato, era infinito quando aberto, era múltiplo a cada toque, a cada leitura, a cada trajetória percorrida, a cada história vivida...

Percebendo a sedução que tal exemplar já exercia em seu potencial comprador, o viajante disse-lhe:

– Consegui este livro numa tribo primitiva, que vivia em um afastado continente. O homem que o carregava era analfabeto, mas sempre lia o volume a seu modo. A obra era empregada por ele como um amuleto, um oráculo do qual retirava as profecias para os seus súditos. Troquei *O Livro de Areia* por alguns objetos, por alimentos e por uma Bíblia – para que ele continuasse "lendo" o destino de seu povo. Sem dúvida, o livro que encontrei com ele era o mais sagrado de todos, principalmente para quem sabe ler e apreciar uma obra infinita. Por isso, vim até aqui. Sei que o senhor não é um leitor qualquer, mas alguém capaz de viver para um livro... e até mesmo dentro de um livro...

Dito isso, o viajante fechou o negócio e partiu...

O nosso homenino também partiu da realidade para viver prisioneiroapaixonado por aquelas labirínticas dunas de areia – sempre as mesmas, sempre outras. Viciado pela obstinação de encontrar algo regular e imutável no livro, ele rejuvenescia, ao passo que os anos passavam a passos lentos, como grãos de areia dentro da ampulheta de seus olhos. Ocupado apenas com aquela perseguição, ele esqueceu de si, do mundo, dos amigos que não mais existiam.

Um dia, tentando se livrar de seu projeto, ele resolveu abandonar *O Livro de Areia* na imensa biblioteca onde trabalhava. Colocou-o no meio de outros volumes, em uma prateleira que ele fez questão de desconhecer para não ter, depois, que deslembrar. Mas, ao chegar em casa, na hora de dormir, ele abrandou a sua solidão com *As mil e uma Noites*: infinita narrativa, feita de infindas histórias. Desde então, cada vez mais jovem, ele caminhou de livro em livro, de duna em duna, sempre investigando *do quê* e *como* era feita a paisagem dos livros, sempre procurando por oásis nos desertos de areia, sempre...

... e sempre...

ele...

sendo sempre o mesmo e sempre outro...

passou a ficar mais menino e mais infinito a cada leitura...

Por isso, leitor, é que, agora, ele chega ao lugar em que estamos: criança caminhando nas areias deste livro. Aí vem ele, com seus onze anos, andando em nossa direção. Melhor não especular, aí vem ele. É preciso silenciar.

Ele vem, como já dito, com algo pequeno-infinito na mão. E vem, como já dito, com sede de saber, pois anda bebendo as palavras de um livro. É um livro sem histórias comuns, é um livro de livros, é *Um certo livro de areia*, no qual personagens ventam-se, aparecendo e desaparecendo como as páginas por onde o olhar do menino caminha.

Aquele homenino, ex-homem, atual-menino, vem sem nos avistar, pois está afogado nas movediças areias de seu livro. Ele vem a passos lentos e atentos, lendo em voz alta:

... aí eu subi no alto de uma duna, que eu imaginei ser o clímax do livro. Eu queria pisar no ápice da história para ver se, de lá, seria possível enxergar o fim que ela teria. Eu queria desvendar o desfecho daquele enigma que as palavras estavam velando e revelando, revelando e velando...

Entretanto, foi tudo inútil... pois não havia, após aquela imensa duna, uma plantação previsível de planícies – o que existia era um revoltoso oceano de areia, um marítimo mar de ritmos, com enormes ondas de letras.

Reconheci, então, que os livros de areia não são prontosprevisíveis, não têm um ponto, um final. Um livro de areia *é fértil redemoinho de voz que, mesmo fechado entre as capas, é capaz de soar no silencioso ecooceano que existe dentro de cada ser humano...*

O menino leu isso enquanto passava por nós sem nos notar. Lia e afastava-se. Ventando-se, virou uma duna e desfez-se diante de nossa visão, fazendo-se eco aos ouvidos de nossa imaginação...

– O que você acha de tudo isso, leitor? É melhor você começar a especular... Olhe! Uma outra miragem surge ao longe. Penso que seja mais um personagem neste arenoso universo de palavras. Mas não traz nada nas mãos. Pelo visto carrega só a memória. Levando em consideração o modo como caminha, parece uma velhinha muito idosa, perdida no mar da vida. Não no mar da vida presente, mas ilhada em águas passadas, nas quais ela vive nadando, mergulhando, narrando. Vida narrada para ela mesma, mergulhada nela mesma.

Vamos até lá, leitor, vamos apressar o nosso contato com ela...

– Olá, senhora, como vai?

– Bem, obrigada! Mesmo porque, para eu ir, preciso de alguém a meu lado. No caso, vocês, que, ao aparecerem, tornam-me um ser observado.

– Ué?! Como assim?

– Vejam bem, meus filhos. Se eu não estivesse aqui, feito miragem fosse, à frente de vocês dois, eu não existiria, nem no passado, nem no agora, nem no depois. Não é verdade?

– É. Faz sentido! Você concorda, leitor?

– ...

– A senhora não se incomode com ele, o meu amigo leitor é muito calado. Talvez até seja assim porque fale através de mim. Em vários momentos percebo que eu me identifico muito com ele e ele, comigo. Parecemos ego e eco, Narciso e espelho.

– Entendo, meu filho. Afinal de contas, quem não se vê ou se lê no outro, não é mesmo?!

– Sem dúvida! Mas o que faz a senhora perdida neste deserto?

– Faço o mesmo que vocês: finjo que existo! O personagem, assim como o poeta e o leitor, é um fingidor.

– Isso significa que eu e o meu amigo leitor não existimos?

– Não e sim! Existir... vocês não existem, pois são apenas miragens. Assim como eu, vocês são frutos de grãos de areia, chamados de pontuação, de vogais e de consoantes que vivem numa eterna combinação. Mas, observem bem: uma página só é vida se lida! Ou seja, para que nós três possamos existir neste momento, alguém precisa habitar esta página com o olhar, irrigar-nos com uma fértil leitura.

– Tudo isso me parece muito confuso. Quer dizer que todo mundo é personagem neste mundo?

– Exatamente!

– E por onde a senhora andou antes de ser personagem desta história?

– Encontrando outras pessoas que me inventavam e que eu também estive a inventar.

– Quem, por exemplo?

– São pessoas que vivem nos cômodos de minha memória, no passado, no presente e no futuro que eu desejar.

– E a senhora não pensa, um dia, em escrever sobre elas, em transformá-las em personagens imortais?

– Não, meu filho! Não tenho competência para isso. Escrevo apenas nas páginas de minha memória. E lá as pessoas vivem em contínua transformação, como as dunas em que estamos. São todas de areia as pessoas que amo. São todas criaturas criadas por mim, que vivem no éden de minhas ternas Terras-do-sem-fim. Por isso, ainda que anônimas para os estranhos, já são imortais em meus sonhos. Mas... vamos deixar de conversa, deixem-me ir... tenho que caminhar...

– Tão cedo?! Por que a senhora não fica um pouco mais?

– Já é hora de esse diálogo terminar! A história tem que prosseguir, dar oportunidade a novos personagens, a novas paragens...

– Mas a senhora vai, assim, mesmo sem ter onde ficar?

– Não se preocupe! Não há solidão no deserto de areia! Existirá sempre alguém para me acompanhar, para me fantasiar. O seu próprio amigo, esse silencioso leitor, por exemplo, poderá um dia ser escritor e me convidar para entrar em *Um certo livro de areia*, que ele escreverá. Fique sossegado! Tenho certeza de que vários olhos aparecerão para nos ouvir e também para conversar sobre esses estranhos assuntos que estão a nos navegar: a literatura e a vida. Afinal de contas... não há saída...

– Por falar em saída, como saberei onde fica o fim de um deserto?

– Siga seu caminho! Por certo, você mesmo sentirá quando as areias irão se transformar em terra fofa para plantar e água límpida para beber. Contudo, lembre-se: terra e água também brotam de grãos, também são oásis de palavras, são miragens nascidas de livros de areia. Muitas vezes estamos em cima de um oásis e não nos damos conta disso.

Dito isso, a velhinha subiu na dobra da duna, sumiu na lâmina da página...

É, leitor, novamente estamos nós aqui, sozinhos entre o céu e a terra, entre página e texto. Vamos caminhar! Ainda vejo algumas dunas, ao longe, que teremos de percorrer. E como essas dunas se movimentam, como elas vagam ainda que simulem ser sempre as mesmas para um distanciado olhar. O chão de um texto parece fixo, mas isso é mero pretexto da natureza das palavras que se movimentam, criando movediços sentidos...

Há muitos vultos por trás do nada que é tudo, leitor. As entrelinhas também traem: são aparentes vazios que estão repletos de significados para serem lidos, relidos, entrelidos. Quanto suspiro não é possível escutar em uma página em branco, quanto eco não vibra a partir de uma palavra que se verbaliza... Uma pedra, quando cai no lago, afunda, desaparece, mas é vista nos rastros circulares que ela escreve no chão da água. Uma palavra também deixa rastros... Depois de escrita, pode ser vista não apenas pelo que diz, mas pelo que dela se escuta naquilo que ela não disse. O chão de uma página é líquida pele que exala sentidos...

Por falar em sons, escuto vozes. Veja quem chega, leitor: um bravo cavaleiro montado em um nobre animal! Pelo visto, vem conversando com alguém que eu ainda não avistei. Quem será tal cavaleiro? Quantos mistérios devem existir em sua vida? Quantas histórias devem morar em sua memória? Quantas lembranças de suas andanças ele deve colecionar e quantas andanças em suas lembranças devem divagar?

Venha, leitor, vamos reverenciá-lo.

– Boa tarde, cavaleiro! Como tem passado?

– Bem, meu prezado rapaz! Bem, como sempre me apraz!

– E qual é o seu nome? Conte-me também de que reino você vem!

– Nome?! Tenho muitos, meu amigo! Chamam-me do modo que a cada um convém. E digo o mesmo sobre a minha origem: tenho tantas que nem perco o meu tempo em fazer as contas de quantas. Nesse mundo de faz de conta, ninguém sabe ao certo de onde veio, pois não há início nem fim em um deserto de areia... Já caminhei por muitas dunas e por outras tantas hei de passar. Sei que em cada uma delas hão de me nomear de diferentes modos. Haverá, certamente, até quem me chame de Cavaleiro Inexistente. Por isso, agora, deixo a seu cargo me denominar.

– É mesmo... estou pensando... realmente... você tem razão. Em toda epopeia, novela ou romance, o escritor escolhe um nome e uma origem para o seu cavaleiro. Contudo, aqui isso não acontecerá! Pois esta não é uma história que conta uma história comum, mas uma história que conta o seu contar.

– Muito bem! Parabéns, meu jovem! Já se vê que você é um perspicaz autor! E, só por curiosidade, quem é este que o acompanha?

– Oh! Desculpe-me! Este é o meu amigo leitor. Perdão por ter me esquecido de apresentá-lo. Mas, por falar nisso, quem era a pessoa com quem o senhor conversava ainda antes de nos encontrar?

– É mesmo! Que cabeça a minha! Também me esqueci de apresentá-lo. Este é o meu fiel escudeiro!

Ao dizer isso, o cavaleiro apontou para a própria sombra.

– Ah! Então era com "ele" que o senhor vinha em entretido diálogo?

– Sim, sim. Ele é agradabilíssimo! Escuta-me pacientemente durante todo o dia. Já, à noite, costuma ser mais calado e distante, manifesta-se apenas quando faço uma fogueira. Aí ele aparece, canta comigo, toca uma viola, fala de amor e me consola da solidão. Assim ficamos, até dormir. No outro dia, levantamos cedo, logo que o Sol nasce. E vamos de duna em duna, de aventura em aventura, sempre unidos. Ele é a pessoa em quem mais confio. Sei que daria a própria vida por mim.

– E vocês já passaram por muitas situações perigosas juntos?

– Claro! Onde há um imenso deserto, lá estamos nós, unidos, enfrentando verdadeiros vilões ou perigosos inimigos disfarçados em moinhos de vento. Mas, independentemente de serem reais ou fantásticos, todos os nossos rivais são feitos de palavras repletas de suspense e de emoção. Não há quem resista! Aposto que o seu amigo leitor gostará muito de ler algumas dessas histórias em que apareço!

– Claro, cavaleiro! Certamente o meu amigo saberá apreciar as narrativas de aventura em que, porventura, o senhor venha a aparecer. Ainda mais agora, que ele está entendendo como todas essas histórias são dunas que transitam entre si, são livros de areia que ventam, há séculos, em mais de mil e uma línguas.

– Por falar em vento, meu adorável rapaz, já me sopro! Provavelmente existe algum autor precisando de mim para salvar uma princesa, fazer uma viagem impossível, matar um monstro ou praticar qualquer outra tarefa que me caiba. E quanto a você, leitor, será um prazer revê-lo em outras dunas, onde eu estarei guiado por esse meu dom que enxota as desigualdades existentes neste mundo. Até breve! Nos veremos em outras viagens, companheiros!

– Até breve, cavaleiro! Até, fiel escudeiro!

E lá se foram os dois: o cavaleiro protagonista de tantas histórias e o seu par de esperança...

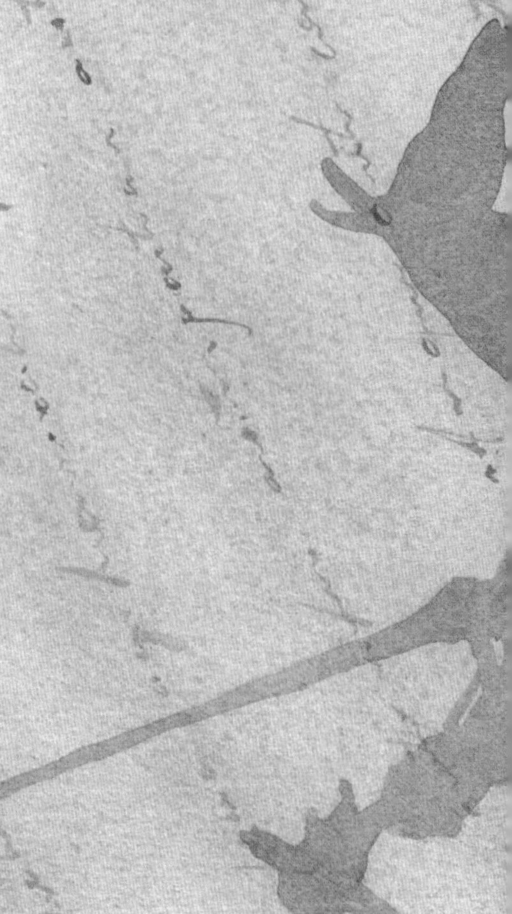

E cá estamos nós dois: eu e você, leitor, nesse aprendizado que nunca cessa, nessa vida que nunca finda. Sempre que alguém espiar pelas frestas destas páginas, estaremos aqui:

pura palavra, voz-imagem, miragem.

Vamos descansar um pouco. A noite já está se aproximando. Vamos deitar para ver outra paisagem.

É engraçado ver as coisas assim, meio que ao contrário, quando deitamos. Neste momento é possível enxergar o céu como chão. O chão celestial é tão infinito que parece um imenso deserto feito por grãos de estrelas. Ainda que somente algumas sejam vistas, há outras que estão nesse noturno céu, brilhando, invisivelmente. A noite é um negro tecido feito de pontos de luz, uma negra página bordada com grãos de palavras-estrelas: algumas (pre) visíveis, outras apenas (pre)sentidas. Quantas estrelas não devem existir na solidão do céu? Quantas não devem se eclipsar nas asas da Lua? Quantos sons e sentidos não devem estar guardados nas constelações deste buraco negro? Quantas linhas em verso não devem dormir neste universo?

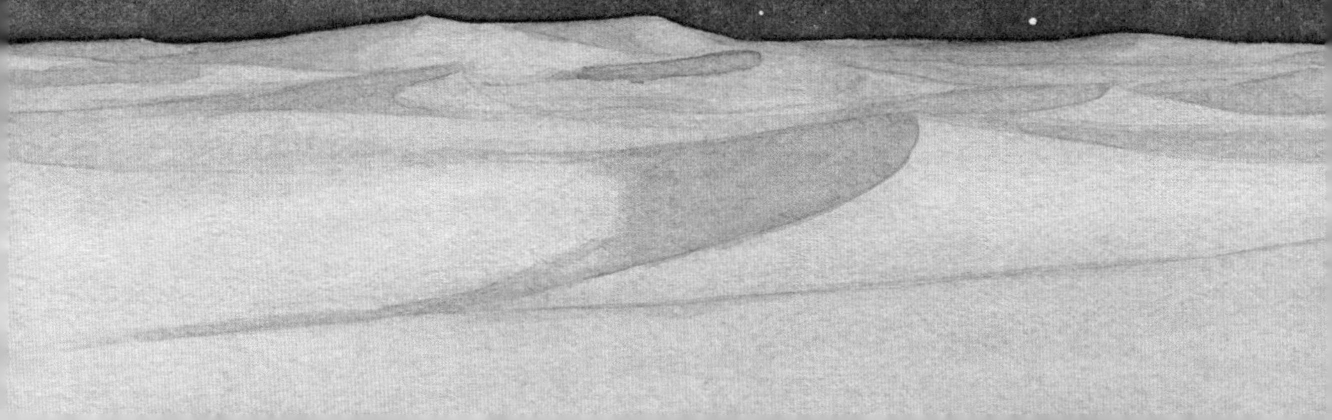

Por tudo isso, há de se pensar como a noite é um deserto de areia, no qual dunas de asteroides, planetas, meteoros e estrelas movimentam-se continuamente.

E saber que este grão de areia que tenho, agora, na palma de minha mão é ínfimo, leitor leva-me a imaginar como o planeta no qual vivo, inserido no deserto de tant

Por outro lad

aláxias, é, da mesma forma, tão ínfimo.

ambém penso o oposto: ainda que ínfimo, no planeta em que estamos, há infinitas vidas.

O mesmo ocorre com um grão de areia e também com um grão de palavra: coisa tão pouca, mas tão plena. Palavra: planeta de infindáveis vidas.

Desculpe-me,leitor, a noite me faz enxergar muitos escuros que são tão claros que, às vezes, cegam. Vamos dormir, vamos apagar estrelas...

Pronto. Bom dia, leitor! Estamos novamente no deserto branco do dia. Vamos caminhar. Vejo algo de novo logo à nossa frente. Olhe só! Logo ali naquele alto! Parece uma cruz plantada em um monte! Corra, leitor, corra para chegarmos até lá!

Nossa! É um espantalho! Vamos conversar com ele...

– Olá, espantalho! O que você está a espantar?

– Agora espanto só as minhas lembranças, que me fazem penar. Lembranças de uma época em que havia alguém para eu espantar...

– E quem o senhor já espantou neste deserto?

– Há muitos anos, meu caro, este deserto não era deserto, mas terras férteis para se cultivar. Nessa época, eu tinha as minhas funções de espantar e resguardar. E como eu espantava bem: animais, pássaros, pragas, agouros e ladrões! Nada escapava à minha vigília, nem ninguém!

– Pelo visto, você tem muito amor por seu trabalho!

– Tenho, sim. Como era bom ver um grão colocado no solo e depois observá-lo crescer, florescer e, finalmente, frutificar em inúmeros outros grãos, que depois voltariam a ser fruto de um futuro em fecundação. E de tanto ficar parado, vendo tudo isso, percebi que o saber é como a semente: se plantado, floresce sem a gente perceber, é levado pelo vento para tantas outras terras que nem os nossos olhos podem ver, nem a nossa imaginação sonhar.

– Como é bonito o que você disse, Sr. Espantalho!

– Bonito, mas triste, tendo em vista a minha condição de não mais ver grãos que possam viver sob a minha proteção!

– Não sei se lhe serve de consolo, mas antes de estarmos aqui, eu e meu amigo leitor conhecemos uma simpática senhora que nos disse que encontraríamos o fim deste deserto e chegaríamos a uma terra fértil, com águas límpidas e infindas. O senhor não quer caminhar com a gente para lá?

– Obrigado, mas é que... ainda que eu tenha pernas, eu não sei caminhar. Fizeram-me só para olhar, nunca experimentei o gosto dos passos, o gozo de cair. Já nasci assim... fincado nesta cruz...

– Ah, que pena... Mas espere, tive uma ideia! Vou lhe dar outra sugestão, então! Já que o senhor é bom em olhar, por que não aprende a vigiar o destino dos grãos como se eles fossem sementes para se plantar? Mesmo porque... eles são! É isso! É isso prezado espantalho e amigo leitor, é isso que a senhora quis nos ensinar! Ela disse que a terra fértil, a vegetação, os bichos e as fontes que veríamos seriam tão grãos de areia quanto os que vemos agora. Isso porque estamos todos em um rico deserto, estamos em dunas de palavras, estamos em U*m certo livro de areia*. Portanto, o senhor pode cultivar estes grãos que aqui estão, pois eles se encontram férteis de sentidos, frutíferos de sons. Do mesmo modo que o senhor reconheceu que as sementes são como o saber, estes grãos de areia também espalham cultura, também cultivam prazer. Este deserto é como uma plantação. Nele, o senhor poderá perfeitamente continuar o seu trabalho. Só que, em vez de espantar e afastar, a sua atividade será atrair o público e deixar que todos venham se alimentar desta lavoura, todos venham dialogar com você para que, assim, também possam se enriquecer.

– Nossa, meu filho, isso que você disse é que foi bonito! Grato, muito obrigado mesmo, por palavras tão sábias. Obrigado por me mostrar como há vida onde estou. Bastava eu saber ler isso que já não estaria tão triste, vivendo só de recordações. Que bom frequentar este deserto com vocês aqui por perto! Assim, não me sentirei mais solitário! Acompanharei cada grão de areia, cada grão de palavra, para viver também acompanhado por eles. Estarei sempre vivo, atribuindo vida a tudo isso que me cerca, a tudo isso que leio e que também me lê e me enche de sentido e de vida. Portanto, se quiserem, podem partir em paz, meninos, podem continuar a caminhada de vocês. Ficarei, por certo, aqui, cultivando o nosso deserto...

– Está certo, então, prezado Ex-espantalho! Agora que já entendemos onde estamos, podemos partir sem nos angustiar. Até breve, companheiro! Eu e o meu amigo leitor mandaremos outros conhecidos para lhe visitar. Ah, e não se esqueça, se a senhora que nos ensinou tudo isso passar por aqui, agradeça-a por mim e diga-lhe que continuamos a nossa jornada, mas agora conscientes de que estamos em um fértil deserto de areia...

É, leitor, como é estranho o fato de, muitas vezes, agirmos como se fôssemos analfabetos... e devido a isso não percebermos como é prazeroso sentir o vento que sopra dos sons das páginas, ver a vida que germina de cada letra e descobrir a sabedoria que desponta de cada palavra... o fim de um deserto e o encontro com o oásis é justamente a nossa capacidade de ler, o nosso prazer de ver como as dunas de areia podem revelar um fértil território.

Vamos, vamos leitor!A partir de agora já podemos ver, conscientemente, o oásis no qual sempre estivemos a caminhar...

Veja, leitor, como é linda esta paisagem:

... o princípio de tudo é o verbo: as letras lançadas ao solo. Depois, grávida de tantos filhos, a terra fecunda o alfabeto em brotos de palavras, em troncos de orações, em copados textos repletos de flores e frutos. Estes, por sua vez, germinam outras ideias: pólen levado pelo vento da leitura...

... mesmo vento que nos envolve agora, vento que venta nos ouvidos e mora no eco de tantos vocábulos-abrigos... vento que vem vindo, voando veloz dentro da velocidade volátil das vogais e das consoantes, vento que é soprossonoro de sibilantes sons, que é suspirossussurro de sentidos sutis...

... sopro que escorre feito o rio azul das letras sobre o verde da plantação...

... e esse rio é o fluir das frases que correm em si mesmas, que trafegam nas próprias águas, até desaguar em outra linha: rio principal que comporta outros afluentes, que subordina outras águas, formando, assim, inúmeros leitos que trafegam pelo mapa do texto...

... e toda essa paisagem mora no céu límpido da página, céu tingido por tantas tramas de movimentos, onde palavrasnuvens transitam suas formas, conjugam tempos, carregadas de nubladas neblinas, de ocultos sentidos...

... essa paisagem fecunda encontra-se em vários desertos, em vários livros de areia. É o repouso sem pouso de vários leitores, autores, homeninos, senhoras, cavaleiros e espantalhos. Basta apenas fertilizar a leitura para encontrar essas ternas Terras-do-sem-fim, para transformar um terreno inóspito em oásis.

Era essa paisagem, leitor, o nosso rumo certo, será aqui, sempre, o nosso futuro incerto... mas é também aqui que nos afastaremos e para sempre nos reencontraremos...

E aqui vamos nos despedir, leitor, mas sem tristeza, porque não há motivos para isso. Como nos ensinou aquela senhora, no deserto de areia não há solidão: estaremos sempre juntos, florescendo outras leituras, alimentando e sendo alimentados por outros livros de areia...

Vamos... vamos ver, cada um em sua direção, o que encontraremos nas dunas que estão depois dessa paisagem...

... o que vem atrás de uma duna são outras dunas, ainda que diferentes; assim como o que vem atrás de uma onda são outras ondas, ainda que andem em diferentes ritmos; assim como o que vem depois de uma montanha são montes de montanhas, amontoados diferentemente...

... há quem diga que a paisagem de uma página cheia de letras seja um árido deserto. Mas quem já ousou pisar com a ponta dos olhos em um livro de areia sabe que a visão escorrega por entre as palavras, cava significados e sentimentos cada vez mais profundos. Passos de sentidos e sentidos passos são traçados a cada percurso de leitura. E quando se olha para trás, o que se enxerga são pegadas apagadas, palavras ao vento, voos de um momento. Pois, em um verdadeiro livro de areia, nada fica no mesmo lugar, nem mesmo o leitor que, ao exercitar o seu ofício de ler e caminhar, também muda, muda como a própria geografia do deserto muda ao se transplantar.

Por exemplo, você, leitor. Você, agora, é o mesmo do início desta história?

O autor

Olá, eu sou o Adriano Bitarães. Nasci na cidade de Santo Antônio do Grama, interior de Minas Gerais. Com seis anos, mudei-me para Belo Horizonte, onde iniciei minha educação, que desde cedo foi marcada por um grande fascínio pela palavra, pelo prazer em relação à leitura e pela existência "poetizável" dos animais, dos objetos e das pessoas. Crescer e trabalhar não me fizeram perder este encantamento pela poesia que se encontra em todas as coisas. Pelo contrário, formei-me em Letras, fiz mestrado em Teoria da Literatura e desde então comecei a escrever e a publicar os meus livros para dar vazão a esse intenso lirismo colhido nas páginas de outros livros e no dia a dia. Já ganhei alguns prêmios nacionais em literatura infantojuvenil e poesia, entre eles o Prêmio Cidade de Manaus, em 2006, com a obra *Par ou ímpar? Escrita ou tinta?* e o Prêmio Literatura Para Todos, organizado pelo MEC, em 2009, com o livro *Poesia da Indagação*. Possuo outros livros editados, como *Asa da palavra*, *As peripécias do Menino Experimental* (infantojuvenis), *Fluido Flerte* (poesia), além do texto ensaísta *Antropofagia oswaldiana*: um receituário estético e científico. Quanto à obra *Um certo livro de areia*, a sua elaboração nasceu justamente do desejo de fazer com que o leitor se reconheça como um personagem-autor no universo da ficção, pois ao lermos um livro também o escrevemos, também nos tornamos vento capaz de transformar uma página em duna, uma palavra em grão de imagem, um silêncio em ritmo e um personagem em espelho de nossa própria e alheia identidade. Espero que você, leitor, sinta e vivencie tudo isso ao ler e escrever o "seu" *livro de areia*.

Adriano Bitarães Netto

O ilustrador

Nasci no Rio de Janeiro e atualmente vivo em São Paulo, onde trabalho com ilustração de livros e em projetos de cinema de animação. Estudei cinema na faculdade e logo depois comecei a ilustrar. Desde então surgiram vários projetos e histórias interessantes para se contar com imagens.

Para criar as ilustrações do livro que agora está em suas mãos, busquei referências em variados universos: literatura fantástica, *graphic novels*, fotografias documentais e outras mais que acabaram por se mesclar e acredito influenciar, de uma forma ou outra, o modo como pensei em imagens essa jornada.

Nesse livro que conta o seu contar, os personagens são como miragens, imagens indefinidas que surgem ao sopro da leitura e se desfazem ao passar das páginas. Para dar corpo a essa percepção, busquei as manchas, texturas e a indefinição. Formas que sugerem leituras e descobertas.

Espero que texto e imagem dessa narrativa se enlacem em sua imaginação e que, como os personagens deste livro, nos encontremos em outras histórias.

Mateus Rios